ADIEU

SCÈNE LYRIQUE

Récitée pour la première fois à Paris, sur le théâtre Cluny,

le 22 septembre 1871.

ŒUVRES DE THÉODORE DE BANVILLE

POÉSIE LYRIQUE

LES EXILÉS.
ODES FUNAMBULESQUES.
NOUVELLES ODES FUNAMBULESQUES.
IDYLLES PRUSSIENNES.
PARIS ET LE NOUVEAU LOUVRE.
ADIEU.
LES CARIATIDES.

Ce dernier volume contient *Les Cariatides, les Stalactites, Odelettes, Le Sang de la Coupe, La Malédiction de Vénus.*

COMÉDIES

DIANE AU BOIS.
GRINGOIRE.
LA POMME.
LES FOURBERIES DE NÉRINE.
LE BEAU LÉANDRE.
FLORISE.

LE FEUILLETON D'ARISTOPHANE.
LE COUSIN DU ROI.

En collaboration avec M. PHILOXÉNE BOYER.

CONTES ET FANTAISIES

LES PARISIENNES DE PARIS.
PETIT TRAITÉ DE POÉSIE FRANÇAISE.
LA MER DE NICE.
CAMÉES PARISIENS, tomes I & II.
LES PAUVRES SALTIMBANQUES.
EUDORE CLÉAZ.

Paris. — J. CLAYE, imprimeur, 7, rue Saint-Benoît. — [655]

ADIEU

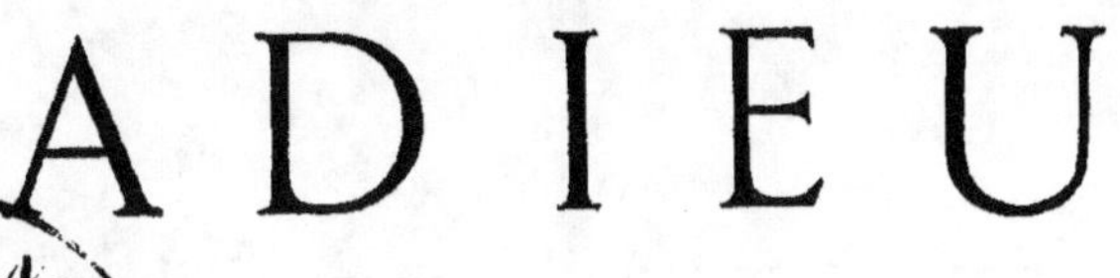

SCÈNE LYRIQUE

PAR

THÉODORE DE BANVILLE

PARIS

ALPHONSE LEMERRE, ÉDITEUR

47, PASSAGE CHOISEUL, 47

—

1871

PERSONNAGES

La France.   Mme *Larmet.*

L'Alsace. .   Mlle *Moïna Clément.*

A MON AMI HENRI LAROCHELLE

CE PETIT POÈME EST AFFECTUEUSEMENT DÉDIÉ

T. B.

ADIEU

L'ALSACE.

ADIEU, France! mon cœur se rompt. La triste Alsace,

Arrachée à ton flanc, courbe son front pâli,

Et sur ses yeux songeurs, d'où la clarté s'efface,

Tombe déjà la nuit affreuse de l'oubli.

O France adorable, ma Mère!

Avant cette agonie amère,

Offrant au vent mes cheveux blonds,

O souvenir qui me déchire !

J'étais fière de te sourire

Sous ma couronne de houblons !

Alors, oh ! que Dieu me protége !

Ton drapeau de pourpre et de neige

Et d'azur dans mon ciel serein

Flottait, gonflé par l'espérance ;

Je disais ton doux nom de France

Au murmure des flots du Rhin !

Hélas ! comme une nef qui sombre,

J'ai vu s'évanouir dans l'ombre

Ce temps au souvenir si cher

Où ma vie était une fête ;

Car alors, France, j'étais faite

Et de ton sang et de ta chair !

Mais, à présent, ma voix ressemble au chant du cygne

Dont le regard mourant flotte dans l'ombre encor.

Mère ! ce n'est plus moi qui vendange ma vigne,

Et qui sous le soleil fauche mes épis d'or.

Comme un trésor qu'on a jeté dans la fournaise,

Tout a péri, mon nom, mes honneurs et ma foi.

A quoi bon vivre encor? je ne suis plus Française.

Nourrice des héros, je ne suis plus à toi!

La France.

Ne parle pas ainsi, ma fille !

Le Destin peut meurtrir, vainqueur,

Tes champs où la lumière brille,

Mais non t'arracher de mon cœur !

Après l'heure triste et mauvaise

Qui sur ta tête aujourd'hui pèse,

Tu te réveilleras Française,

Parlant mon langage immortel,

Et te réjouissant encore

De voir le drapeau tricolore

Sur ton doux front, avec l'aurore,

Flamboyer dans l'azur du ciel !

L'ALSACE.

Quand viendra-t-il, ce jour ? sous le bras qui m'enlace,

Mère, je sens fléchir mes pas appesantis.

LA FRANCE.

Dieu, l'ouvrier de qui la main n'est jamais lasse,

Quand il veut, fait sa tâche et reprend ses outils.

Lorsque nous avons fait notre œuvre périssable,

Celui qui prend souci des morts et des vivants

Pèse nos vains projets comme des grains de sable,
Et disperse leur cendre éparse aux quatre vents !

L'ALSACE.

Mère, qui séchera les pleurs de ton Alsace ?

LA FRANCE.

Laisse grandir tes fils, vaillante et forte race

L'ALSACE.

Que leur restera-t-il d'un pays abattu ?

LA FRANCE.

Ses aïeux, sa bravoure et sa mâle vertu.

L'Alsace.

Mes espoirs sont lointains, et mes douleurs certaines.

La France.

Non, puisque c'est mon sang qui coule dans tes veines.

L'Alsace.

Ma pensée, en pleurant, perd son rapide essor.

La France.

Écoute, souriante Alsace aux cheveux d'or !
Deux fois déjà, pillant, brûlant mes granges pleines,
Le Vandale effaré s'abattit sur nos plaines.
Ta Mère, dont la voix guide le genre humain,

N'avait plus qu'un tronçon de glaive dans la main.

Je râlais, et mes fils étaient morts. La victoire

De la haine étendait sur moi son aile noire.

Le sang de toutes parts, comme de rouges fleurs,

Teignait l'herbe fumante, et les mères en pleurs

Du destin de la guerre admiraient l'ironie.

Je succombais, n'ayant plus rien que mon génie ;

Et pourtant, chefs, soldats, conquérants, oppresseurs,

Tout le peuple effrayant de mes envahisseurs

Dans le lointain poudreux disparut comme un rêve,

Quand, brandissant le fer qui restait de mon glaive,

Je bondis, affrontant leur nombre épouvanté,

Dans la mêlée horrible, en criant : Liberté !

Garde ton cœur austère et vivant sous les chênes !

L'âme est libre. L'esprit ailé n'a pas de chaînes.

Enfant, prête l'oreille. Avec sa voix d'airain,

Le vieux fleuve, l'aïeul sacré, le fleuve Rhin

Pendant les longues nuits te parle d'espérance.

Ses flots tumultueux disent : « Alsace et France ! »

Et tes vignes de feu, dans le matin vermeil,

Disent encore : « Alsace et France ! » au clair soleil !

L'ALSACE.

Et cependant, il faut me taire

En croisant mes bras douloureux,

Car le silence, ô noble Terre !

Est le recours des malheureux.

Tu te plaisais à mes légendes

Qui viennent d'un pays songeur

Ouvrant ses portes toutes grandes

Devant les pas du voyageur,

Lorsque deux enfants de l'Alsace

Venaient te conter quelque jour

Le passé charmant d'une race

Qu'ils ont décrite avec amour.

A présent, à quoi bon? Ma tête

Se courbe sous la dure loi.

Mère, je dois rester muette,

Puisque je ne suis plus à toi.

LA FRANCE.

Si, dis-nous-les encor ces histoires, ces drames

Que j'aimais tant jadis.

Crimes, amours, récits autour du poêle en flammes,

Vierges au teint de lys,

Oui, je veux tout revoir à cette même place

Où nous nous embrassons,

Et regarder encor ces filles de l'Alsace

Qui dansent aux chansons,

Afin que chacun sache, à cette heure inféconde

Où ton cœur est navré,

Combien la juste France aime ta tête blonde

Et ton espoir sacré !

L'Alsace.

Qu'il soit donc fait ainsi que tu le veux, ma Mère !

La douleur du présent nous semble moins amère,

Et nous sentons en noŭs de moins cruels soucis,

Quand nous prêtons l'oreille aux antiques récits.

Au Public.

Et toi, Peuple, autrefois si zélé pour ma gloire,

Laisse-moi te conter une tragique histoire

Où tu me reverras, et souviens-toi toujours

Que par ses souvenirs, ses haines, ses amours,

Dans son âme, qu'en vain ravage la souffrance,

L'Alsace t'appartient encore...

LA FRANCE.

Et qu'elle est France!

A scène qu'on vient de lire a été écrite, à la prière de M. Larochelle, pour accompagner la reprise du *Juif Polonais*, de MM. Erckmann-Chatrian. Le directeur du théâtre Cluny n'a pas pensé qu'on pût revoir, après nos malheurs, un drame où le cœur de l'Alsace vit tout entier, sans que des paroles de sympathie fraternelle fussent adressées à cette terre exilée et meurtrie, dans la seule langue qui permette de parler directement au peuple des choses contemporaines et des choses éternelles.

Au lever du rideau, on voit l'auberge de Mathis, avec son fourneau de fonte, sa grande horloge, ses tables où brille dans les chopines le petit vin blanc de Hünevir. Tous les personnages du *Juif Polonais*, Mathis, Christian, Walter, Heinrich, le Juif, le Songeur, Nickel, Catherine, Loïs, la jolie Annette, sont groupés dans ce décor; et, évoquées pour ainsi dire par leur pensée, les figures idéales de la France et de l'Alsace apparaissent sur le devant de la scène.

Je suis heureux d'offrir ici les plus vifs remercîments à mesdames Larmet et Moïna Clément, dont la beauté et la diction éloquente se prêtent si bien à l'audace d'une pareille fiction, et à M. Larochelle, si artiste, qui a su faire de ces quelques strophes une scène visible et vivante.

T. B.

22 septembre 1871.

www.ingramcontent.com/pod-product-compliance
Lightning Source LLC
LaVergne TN
LVHW011507170726
843501LV00009B/3659